Peixes frescos

© 2011 Martins Editora Livraria Ltda., São Paulo, para a presente edição.
© 2001 Atlantis, impresso por Orell Füssli Verlag AG, Zurique, Suíça.

Publisher *Evandro Mendonça Martins Fontes*
Coordenação editorial *Anna Dantes*
Produção editorial *Alyne Azuma*
Preparação *Renata Dias Mundt*
Revisão *Denise Roberti Camargo*
Flávia Merighi

Dados Internacionais de Catalogação na Publicação (CIP)
(Câmara Brasileira do Livro, SP, Brasil)

Kilaka, John
 Peixes frescos / John Kilaka; um livro ilustrado da Tanzânia,
tradução Christine Röhrig. – São Paulo: Martins Martins Fontes,
2011.

 Título original: Frische Fische
 ISBN 978-85-8063-019-0

 1. Contos – Literatura infantojuvenil
I. Kilaka, John. II. Título.

11-05956   CDD-028.5

Índices para catálogo sistemático:
1. Contos : Literatura infantil   028.5
2. Contos : Literatura infantojuvenil   028.5

Todos os direitos desta edição para o Brasil reservados à
Martins Editora Livraria Ltda.
Av. Dr. Arnaldo, 2076
01255-000 São Paulo SP Brasil
Tel.: (11) 3116.0000
info@martinseditora.com.br
www.martinsmartinsfontes.com.br

John Kilaka

Peixes frescos

Um livro ilustrado da Tanzânia

Tradução: Christine Röhrig

martins
Martins Fontes

Hoje o Chimpanzé Sokve está com sorte de pescador. Sua canoa está cheia até a boca de deliciosos peixes. Amanhã ele vai faturar um bom dinheirinho vendendo os peixes na feira!

Enquanto está remando de volta para casa, uma música penetra em seus ouvidos. É isso mesmo! Hoje é dia de baile. Metade da vila está aqui.

O ritmo envolve os membros de Sokve, e ele já começa a dançar dentro do barco. Quase seu remo cai no lago.

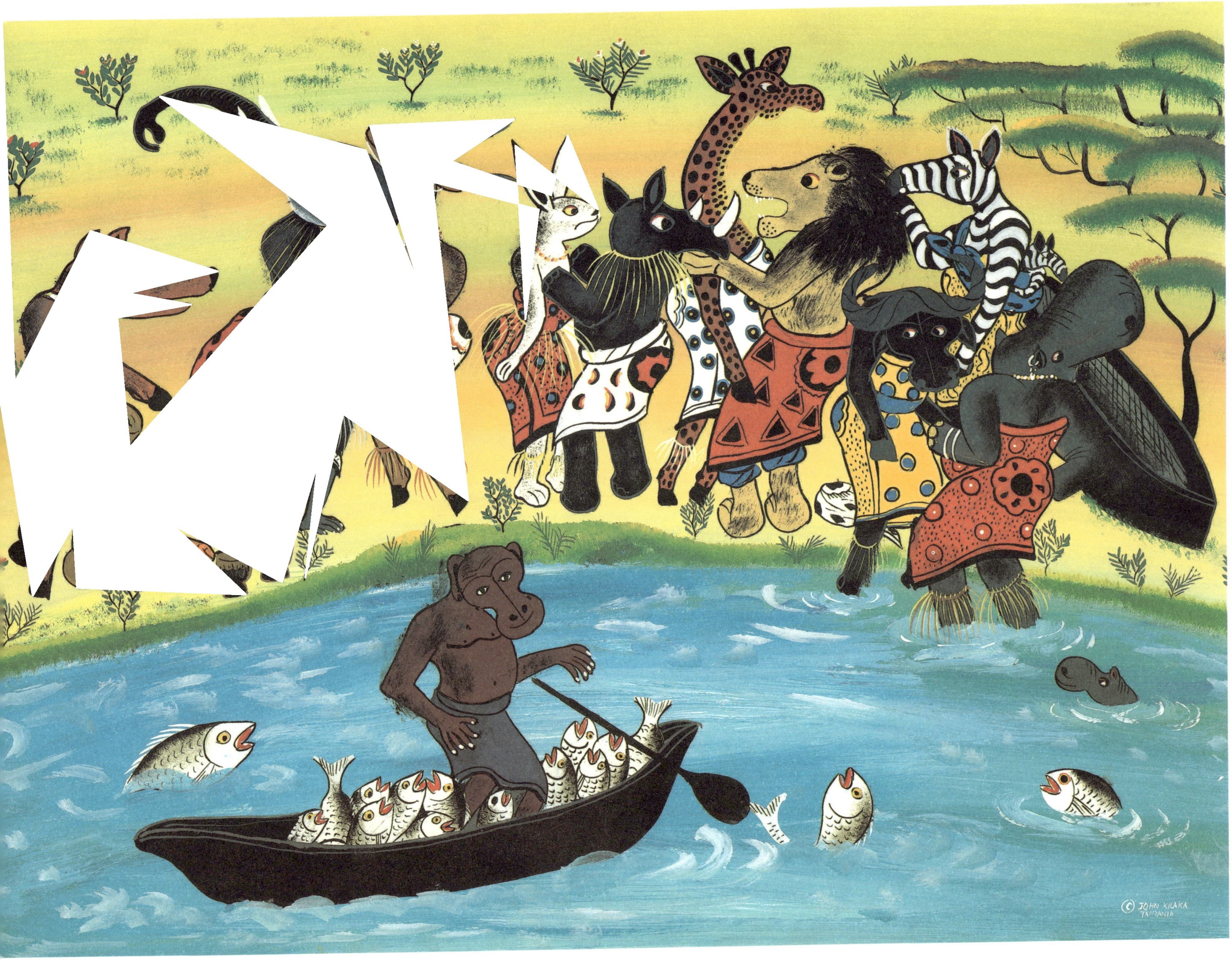
© JOHN KILAKA
TANZANIA

Sokve amarra seus peixes numa vara e sai andando. Quer levá-los logo para casa.

No caminho, ele encontra seu amigo Cachorro. O Cachorro está a caminho do baile junto com a Zebra e o Leopardo. Cada um dos três leva um tambor.

Ao avistar os peixes frescos, o Cachorro para de andar e fica com água na boca.

– Olá, Sokve! – diz ele com a voz mais açucarada do mundo. – Que pescaria boa, hein? Você mal consegue carregar os peixes! Vem cá, não quer me dar esse grandão e gorducho aí? Eu levo para você! Pode ter certeza de que vai recebê-lo de volta!

Sokve percebe o que está por trás disso.

– Que bom que você quer me ajudar! – diz ele, soltando o maior peixe de todos. – Toma. É para você. Bom apetite!

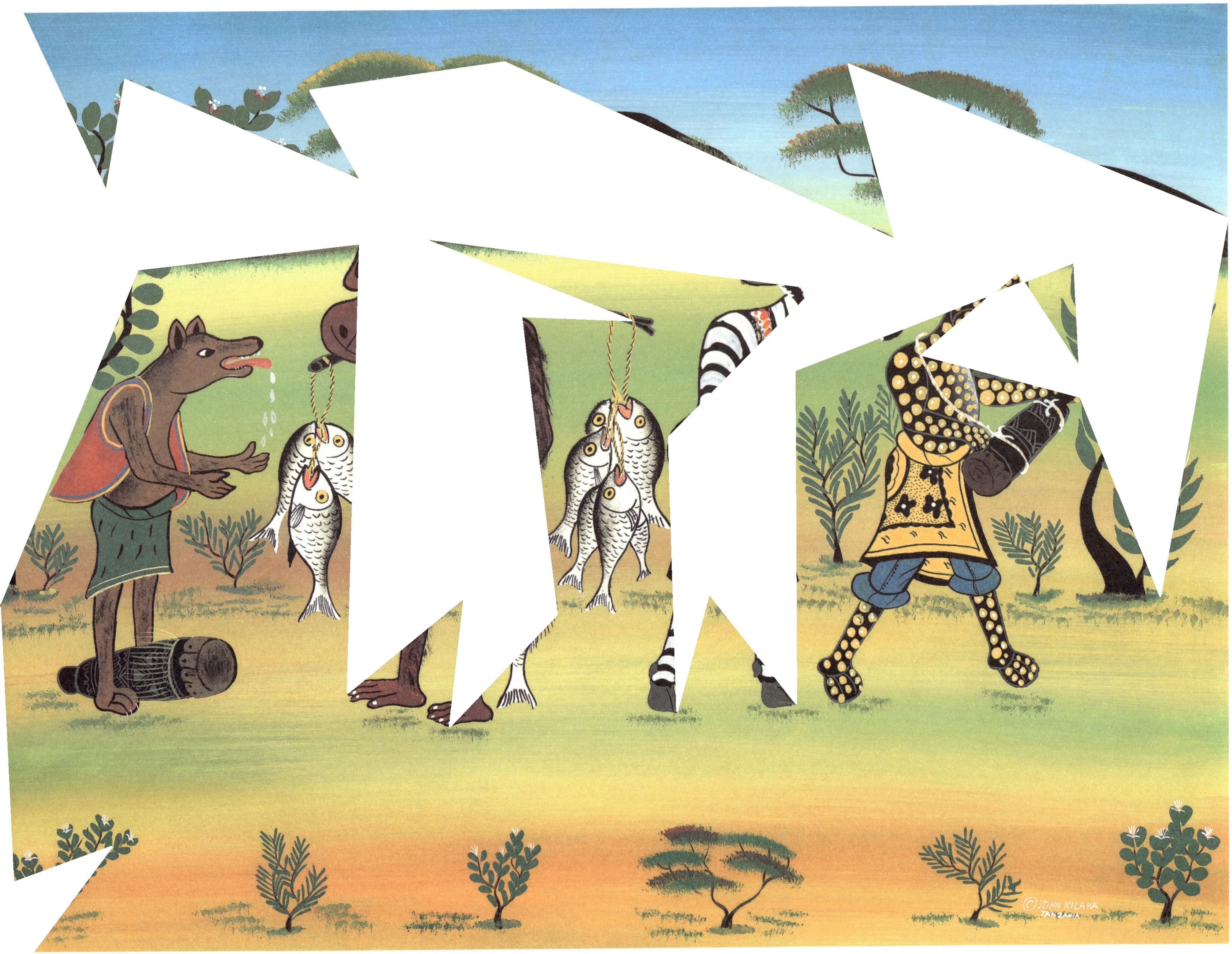
© JOHN KILAKA
TANZANIA

Na manhã seguinte, Sokve já está com o caminhão carregado. Muitos vizinhos pegam carona até a feira: a Zebra, a dona Hipopótamo, o Porco, o Leopardo, a Macaquinha Rhesus e o todo-poderoso Leão. A senhora Coelha vai sentada na frente, ao lado do motorista Sokve.

Todos carregaram o caminhão com produtos para a feira: laranjas, bananas, mangas... Só o Cachorro veio de patas vazias. Está sentado, grudado ao cesto de peixes.

O caminhão passa por um vilarejo onde os gatos e os ratos moram juntos. Eles estão fazendo uma festa e tocando e dançando pra valer. Os animais nunca tinham visto uma coisa dessas. Param o caminhão para assistir.

Era a oportunidade pela qual o Cachorro esperava! Guloso, ele se atira sobre o cesto de peixes... Mas a senhora Coelha estava tomando conta.

— O que você está pensando? – grita ela.

— É assim que você agradece pelo peixe que eu lhe dei de presente ontem? – reclama Sokve.

— Não vai acontecer nunca mais! – promete o Cachorro.

— Então está bem. Mas ai de você se fizer de novo!

8

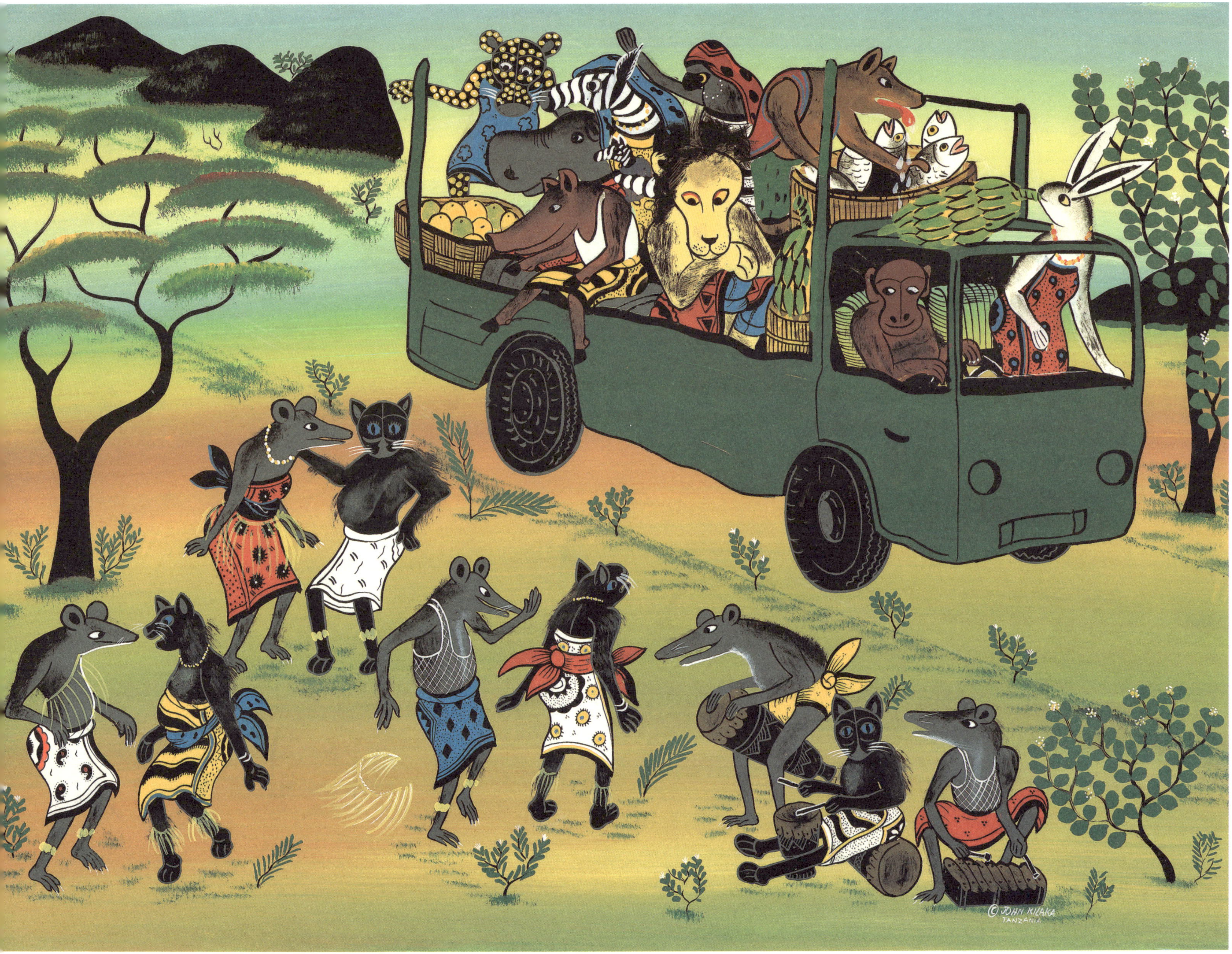
© JOHN KILAKA
TANZANIA

Pouco depois, ouve-se um estrondo ensurdecedor! Um pneu estourou.

– E agora? – perguntam os animais, preocupados. – Vamos chegar atrasados à feira!

A senhora Coelha sabe o que fazer.

– Eu posso remendar o pneu. Mas me falta um macaco para levantar o carro!

– Não tem problema! – diz o Leão. – Descarreguem a carga que eu levanto o carro!

Num piscar de olhos, está tudo descarregado. O Leão ergue o carro, a senhora Coelha remenda o furo e Sokve enche o pneu com a bomba.

Nesse meio-tempo, o Cachorro dá um jeito de se aproximar dos peixes. "Agora ou nunca", ele pensa. Mas a dona Macaca levanta o dedo e ameaça:

– Tome tento!

Não demora, a pane está solucionada e a viagem continua.

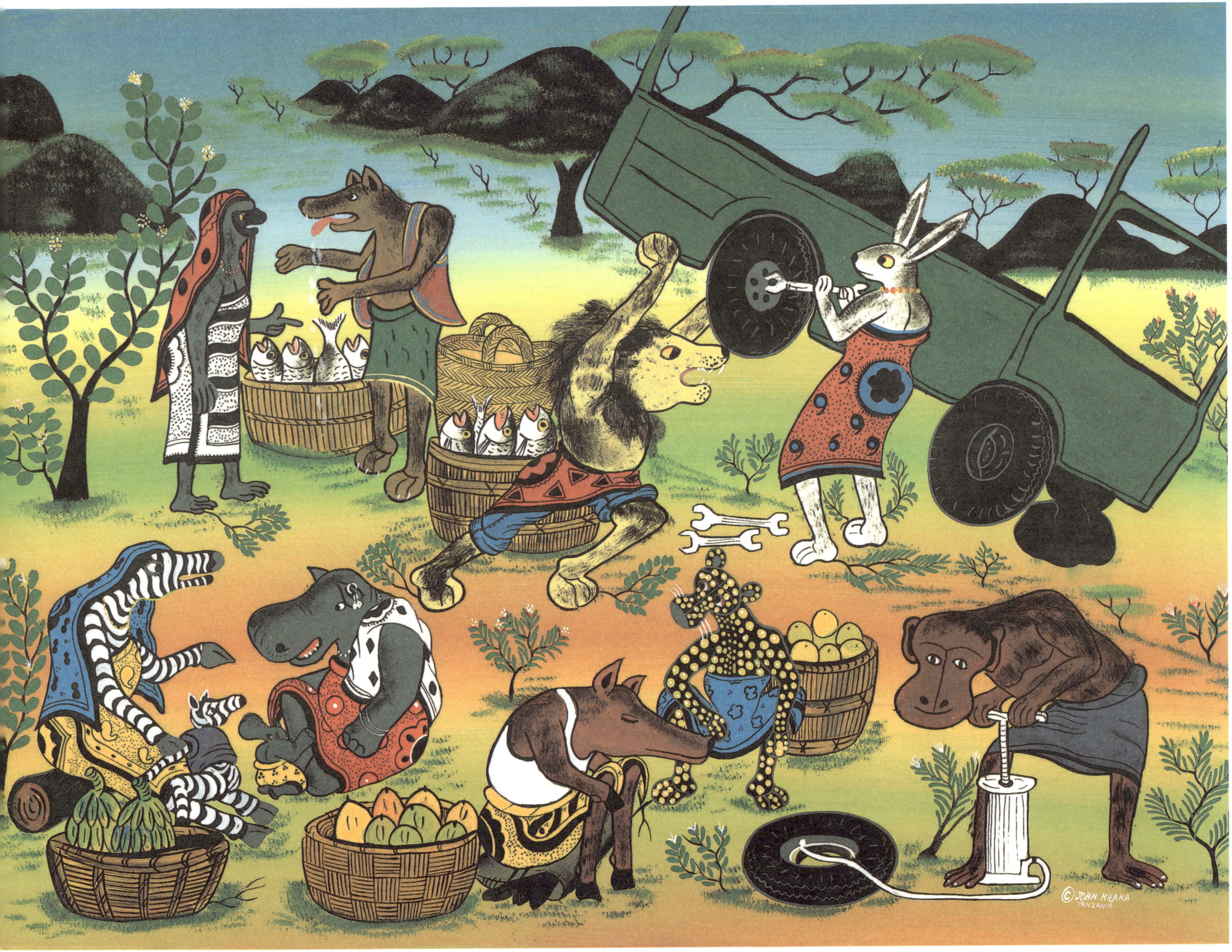

© JOHN KILAKA
TANZANIA

Na feira, os animais expõem suas mercadorias. Os primeiros clientes já chegaram.

Mas o Cachorro já bolou um novo plano. Armado de uma faca bem pontuda, ele se esgueira até o caminhão e fura os pneus traseiros. – Com esse caminhão de pé chato, não vão conseguir ir atrás de mim! – ele pensa.

A feira está muito movimentada. Sokve toca a marimba e anuncia sua mercadoria:

– Olha o peixe fresco! Peixe fresquinho! – Porém não percebe que o Cachorro está roubando os peixes. Mas o Leão vê!

– Pega ladrão! – grita o Leão. De tanto fervor, ele tropeça num cesto de laranjas, derruba a dona Macaca e cai...

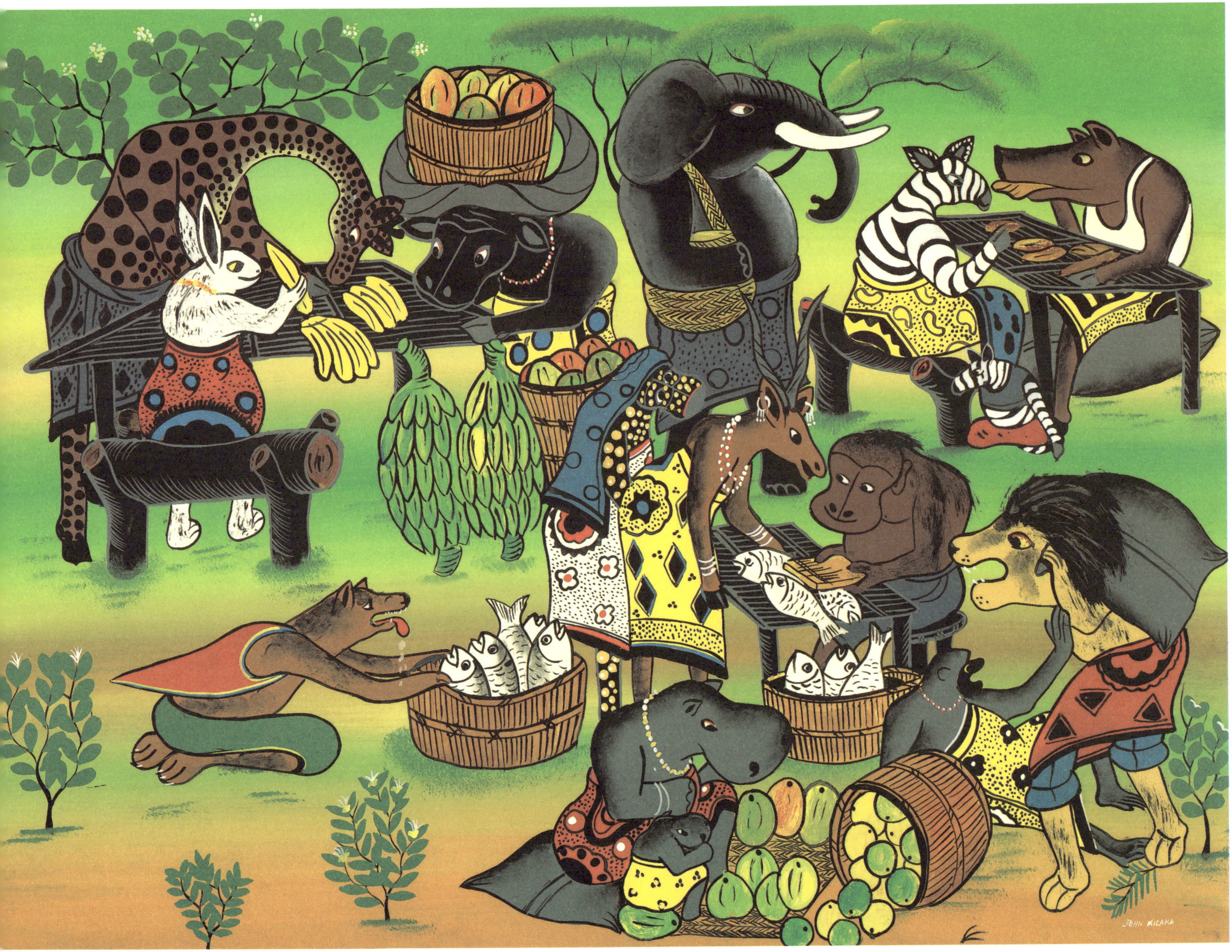
JOHN KILAKA

– Ai ai, minha perna! – O Leão urra de dor, e todos os animais correm para acudi-lo. O ladrão de peixes foi esquecido. Num instante, ele já está bem longe com o cesto de peixes roubado...

– Temos de levá-lo para o hospital! – diz Sokve. – Ainda bem que temos o caminhão!

A perna quebrada é enrolada com tala e faixa de forma improvisada. A dona Macaca corta galhos fortes de uma árvore, e a senhora Coelha ensina como fazer uma maca com eles.

O Leão é levado na maca até o caminhão. Ali, uma surpresa desagradável espera por eles! Os dois pneus traseiros estão furados, e ao redor do veículo... há pegadas do Cachorro! Agora tudo ficou claro!

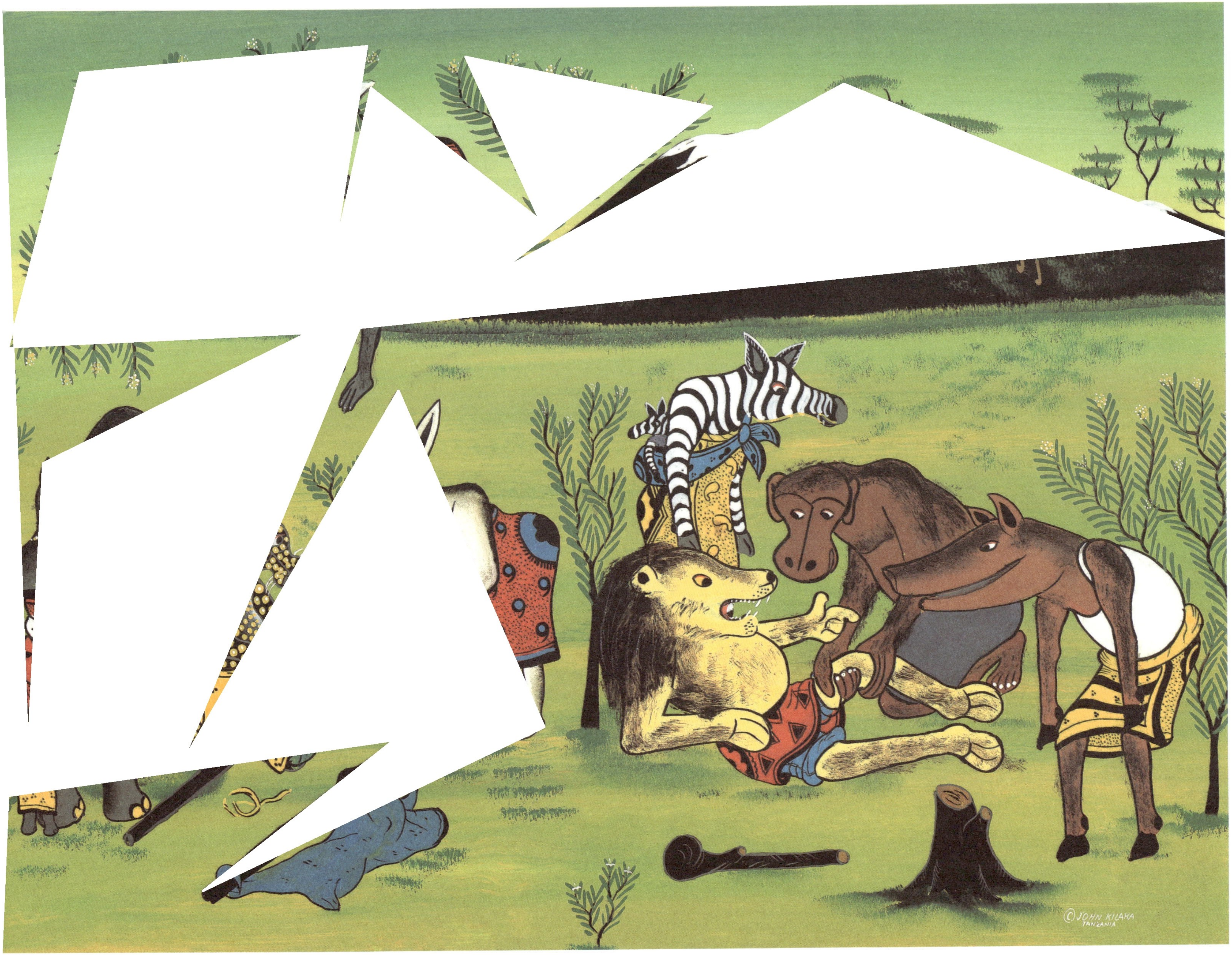
© JOHN KILAKA
TANZANIA

Os animais levam o pesado paciente a pé pela longa estrada até o hospital. Param diversas vezes no caminho e falam mal do Cachorro.

O hospital é muito moderno. A dona Hipopótamo aproveita a ocasião para tratar seus dentes.

O doutor Sapo ortopedista faz cara de preocupado.

– Cuach... A perna está quebrada! Teremos de amputá-la!

Os animais se assustam. Como vão levar um leão de três patas para casa e ainda por cima a pé?

A senhora Coelha é a primeira a se recuperar do susto e diz:

– Um momento, doutor Sapo! Vamos com calma. Peço que o senhor primeiro engesse a perna! Talvez o osso volte a emendar!

O doutor Sapo balança a cabeça.

– Cuach, cuach... Por mim! – Então ele aplica uma injeção no Leão e engessa a perna até ficar imobilizada. Os animais agradecem e pegam o caminho de volta.

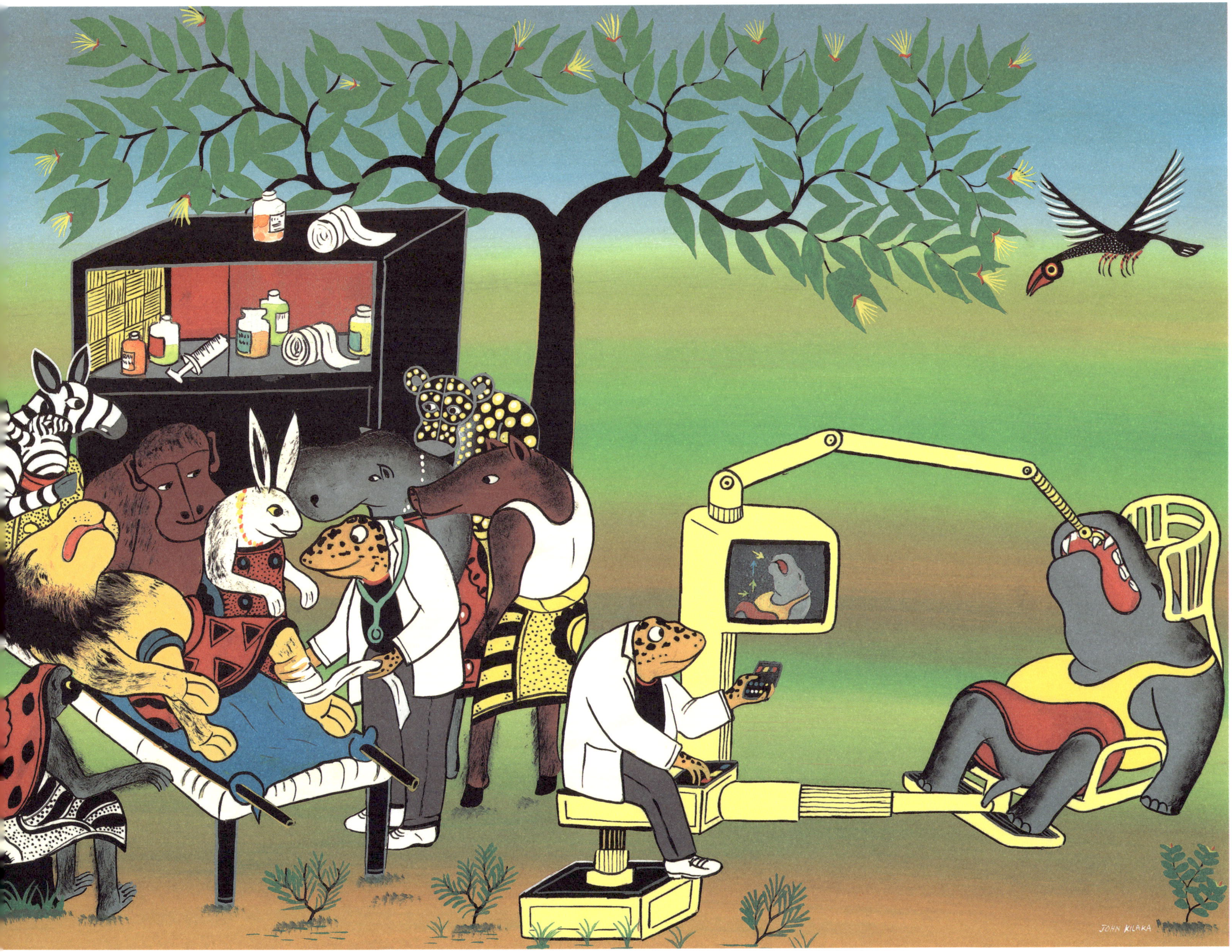
JOHN KILAKA

No vilarejo, os feirantes estão sendo ansiosamente aguardados. Hoje à tarde vai haver o campeonato de futebol de juniores. O Chimpanzé Sokve será o juiz.

O jogo começa. O time dos jovens leões faz um ataque fulminante e logo marca um gol. O time adversário também faz um gol. Agora os leões pressionam no ataque. Era só o que faltava: que os filhos dos animais mais fracos fossem melhores jogadores!

O Coelhinho tira a bola deles, joga para a Tartaruguinha, que lança para Sokve Jr. Ele dá um chute bem forte na bola! O goleiro Leão se abaixa de susto. A bola passa voando por ele e vai parar bem na boca recém-tratada da dona Hipopótamo.

Por fim, a bola bate com tanta força na trave do gol que ela acaba se quebrando. O jogo tem de ser interrompido.

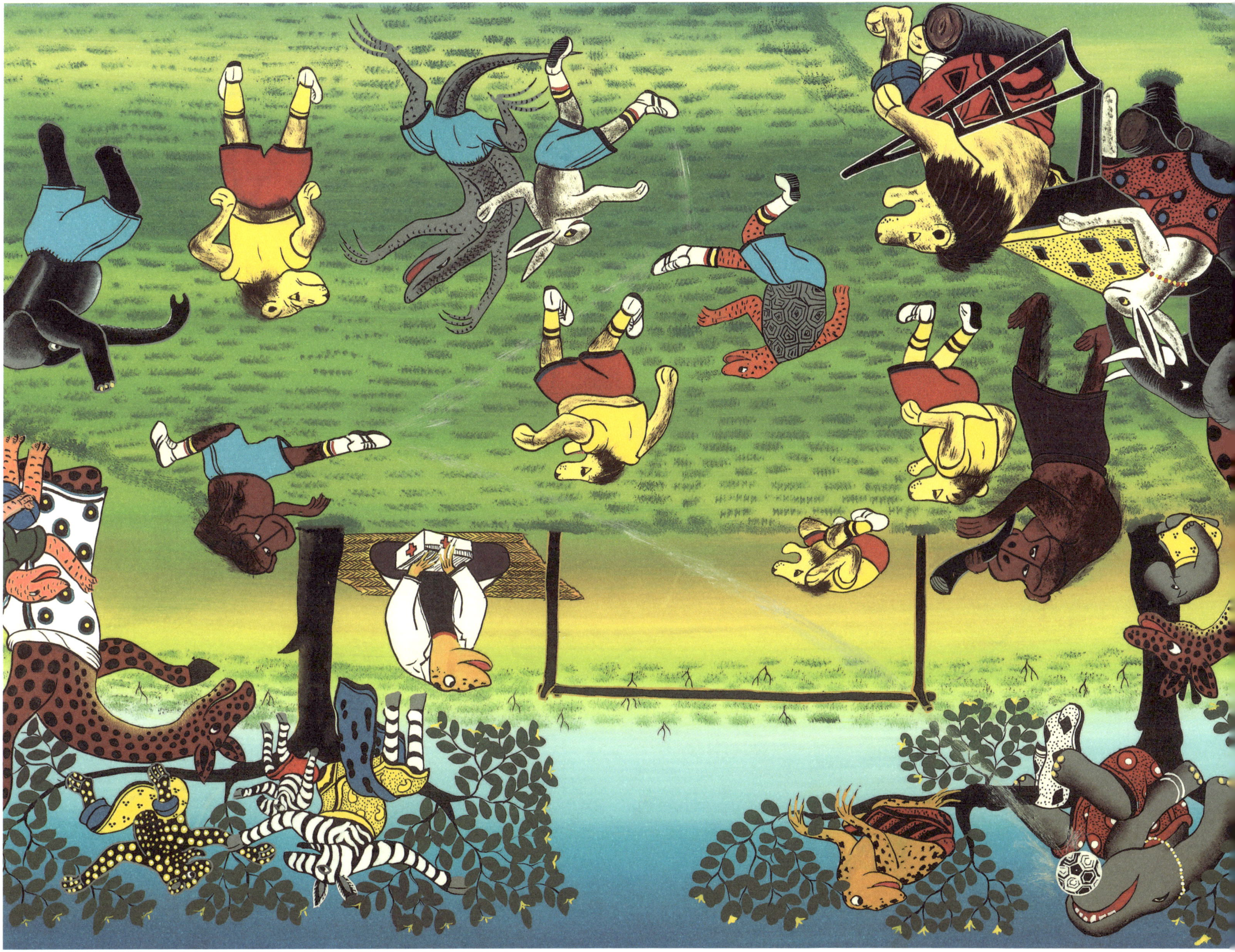

Sokve e alguns outros pais saem em busca de uma nova trave. Nesse momento, avistam uma coisa meio avermelhada brilhando dentro do oco de uma enorme árvore baobá. O que pode ser? Eles não se admiram quando descobrem que o ladrão de peixes está tirando uma soneca dentro da árvore.

Eles acordam o Cachorro, amarram suas patas e o levam ao vilarejo. Decidem adiar o jogo de futebol e construir uma prisão.

JOHN KILAKA

Dias depois, o Cachorro está diante do júri. O senhor Elefante, o mais velho do vilarejo, lê a acusação:

– Primeiro, o acusado maldosamente furou os pneus traseiros do caminhão. Segundo, roubou e comeu os peixes do seu amigo Sokve. Terceiro, ele é o culpado pela fratura da perna do Leão, que o perseguia por estar roubando.

O Cachorro admite tudo, e o Elefante lê a sentença:

– O acusado é declarado culpado em todos os pontos. Como pena, amanhã, durante a campanha de plantio de árvores, ele tem de plantar com sua família o dobro de tudo o que todos nós plantarmos!

JOHN KILAKA

O Leão acordou bem cedo e foi mancando até o campo. Ele marcou uma área bem grande a ser cultivada pela família Cachorro. Mas o Cachorro se esforça muito e, com a ajuda de sua mulher e seus filhos, num piscar de olhos, todo o trabalho está feito.

John Kilaka

As árvores foram plantadas. Os homens consertaram o caminhão e o trouxeram de volta da feira. Enquanto isso, as mulheres preparam um banquete.

À noite, todos dançam e comem alegres. Sokve dança com seu velho amigo Cachorro. Ele o perdoou.

E quando a festa chega ao fim, eles se dão as mãos e dizem:

– Durma bem e até amanhã!

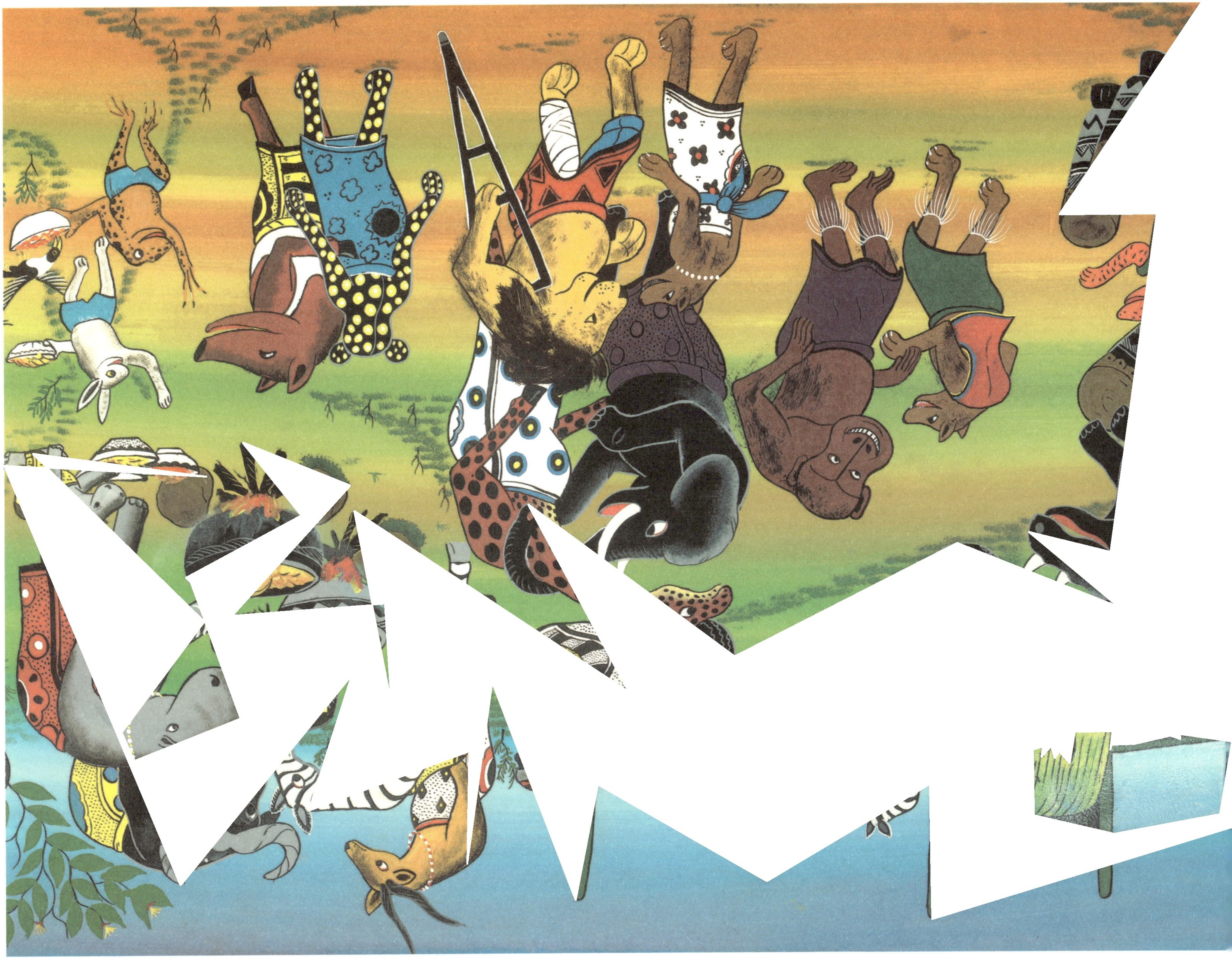

JOHN KILAKA nasceu em 1966 no sudoeste da Tanzânia. Desde criança sempre gostou de desenhar, e, quando estava na escola, deixava os professores muito irritados porque vivia distraindo os colegas com seus desenhos e gastava o pouco giz disponível desenhando na lousa da escola.

Como seu pai, Kilaka foi lavrador, caçador e pescador. Quando seu irmão mais velho se mudou para Dar es Salaam, antiga capital da Tanzânia, ele decidiu ir junto. Conseguiu trabalhar com alguns pintores no Village Museum, onde também passou a vender suas obras.

Atualmente o autor faz especialização em quadrinhos.

1ª edição Julho de 2011
Fonte Egyptienne F Roman | **Diagramação** Patrícia De Michelis | Casa de Ideias
Papel Offset 180g | **Impressão e acabamento** Yangraf